文・圖　**石井聖岳**

　　1976年出生於日本靜岡縣，名古屋造形藝術短期大學畢業。熱愛創作與繪畫，曾於擔任課後托育職務期間，在兒童繪本專門補習班學習繪畫，並於2000年以繪本作家出道而受矚目，成為插畫界炙手可熱的新星，也陸續榮獲日本繪本獎和講談社出版文化獎繪本部門賞等獎項。

翻譯　**陳維玉**

　　東吳大學中文系畢業，日本大阪市立大學文學研究所碩士。喜歡閱讀日文書籍，兼職日文書籍翻譯及日本旅遊書寫作，擅長實用書籍、語言書籍、兒童繪本等各領域之翻譯。

※ 特別感謝功學社單車學校謝正寬校長指導。

國家圖書館出版品預行編目(CIP)資料

我是你的腳踏車/石井聖岳文・圖；陳維玉翻譯.－－初版.－－新北市：小熊出版：遠足文化事業股份有限公司發行，2022.08
32面；21×24公分.－－（精選圖畫書）
ISBN 978-626-7140-46-8（精裝）

1.SHTB：交通－3-6歲幼兒讀物

861.599　　　　　　　　　111010489

精選圖畫書
我是你的腳踏車
文・圖／石井聖岳　翻譯／陳維玉

總編輯｜鄭如瑤｜主編｜陳玉娥｜責任編輯｜韓良慧｜美術編輯｜王瑞琪｜行銷副理｜塗幸儀｜行銷助理｜龔乙桐
社長｜郭重興｜發行人兼出版總監｜曾大福｜業務平臺總經理｜李雪麗｜業務平臺副總經理｜李復民
實體業務協理｜林詩富｜海外業務協理｜張鑫峰｜特販業務協理｜陳綺瑩
印務協理｜江域平｜印務主任｜李孟儒
出版與發行：小熊出版・遠足文化事業股份有限公司
地址：231 新北市新店區民權路 108-3 號 6 樓｜電話：02-22181417｜傳真：02-86672166
劃撥帳號：19504465｜戶名：遠足文化事業股份有限公司
客服專線：0800-221029｜客服信箱：service@bookrep.com.tw
Facebook：小熊出版｜E-mail：littlebear@bookrep.com.tw
讀書共和國出版集團網路書店：http://www.bookrep.com.tw
團體訂購請洽業務部：02-22181417 分機 1132、1520
法律顧問：華洋法律事務所／蘇文生律師
印製：沈氏藝術印刷股份有限公司｜初版一刷：2022 年 8 月
定價：320 元｜ISBN：978-626-7140-46-8

小熊出版讀者回函　　小熊出版官方網頁

我是你的腳踏車

文‧圖／石井聖岳　　翻譯／陳維玉

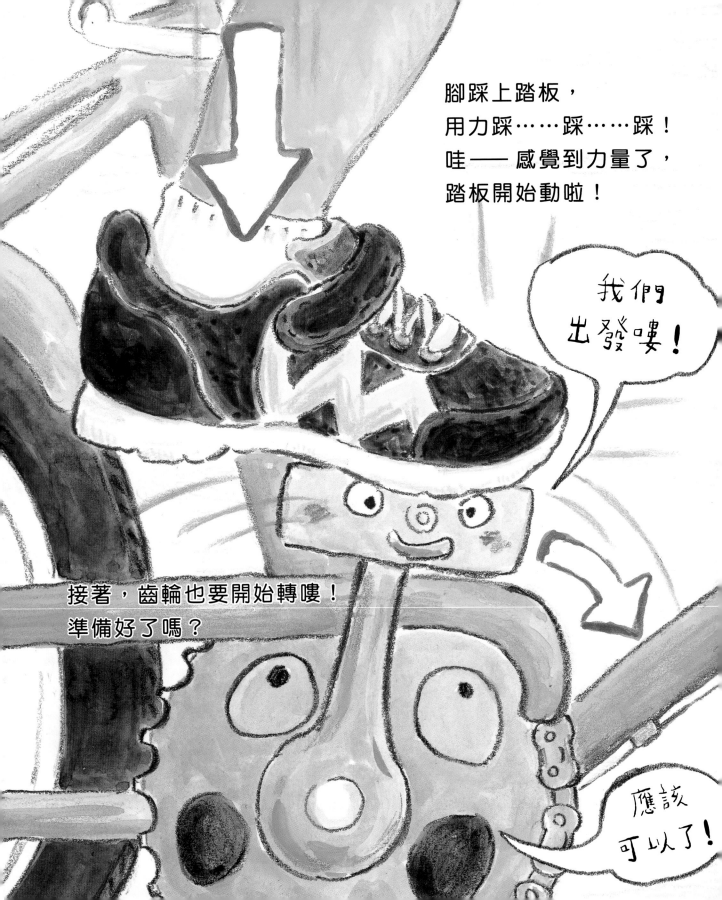

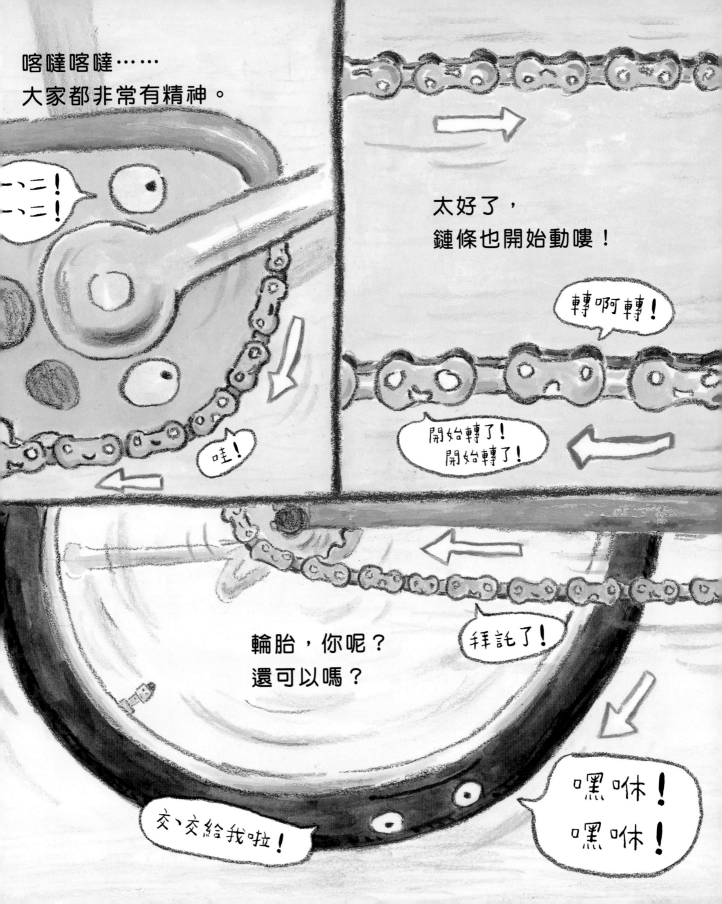

太好了，大家都動起來了！
加油，腳踏車！
一起加速前進吧！

要經過隧道了。
車燈呢？醒醒啊！
車燈！快醒來！

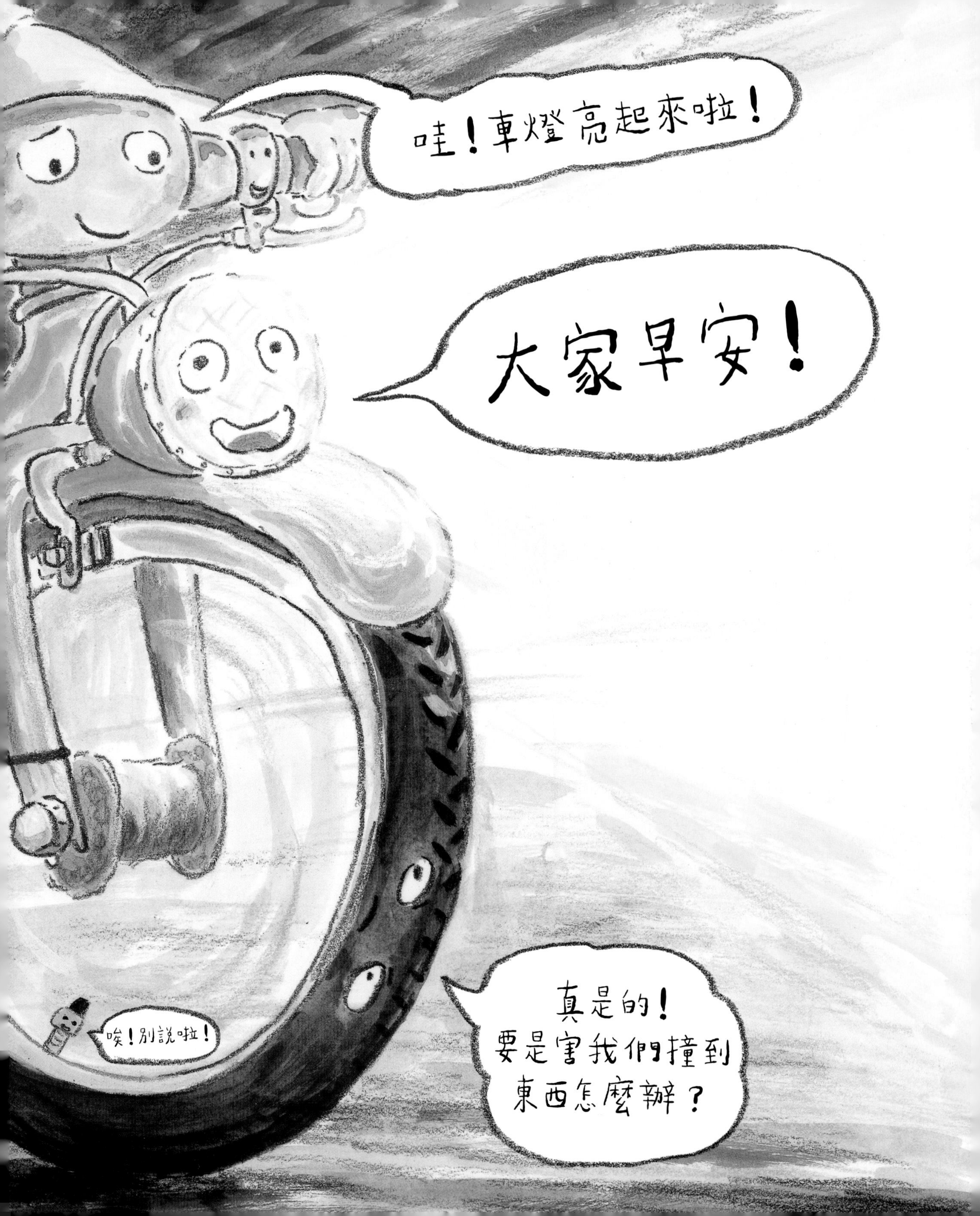
哇！車燈亮起來啦！
大家早安！
唉！別說啦！
真是的！
要是害我們撞到
東西怎麼辦？

穿過隧道了，
陽光好刺眼呀！
接下來是上坡，
大家一起努力往前進，
加油！

用力⋯⋯踩⋯⋯踩！
加油──齒輪！
加油──鏈條！

萬歲！終於到河堤了！
咦？

噗咻 ——————

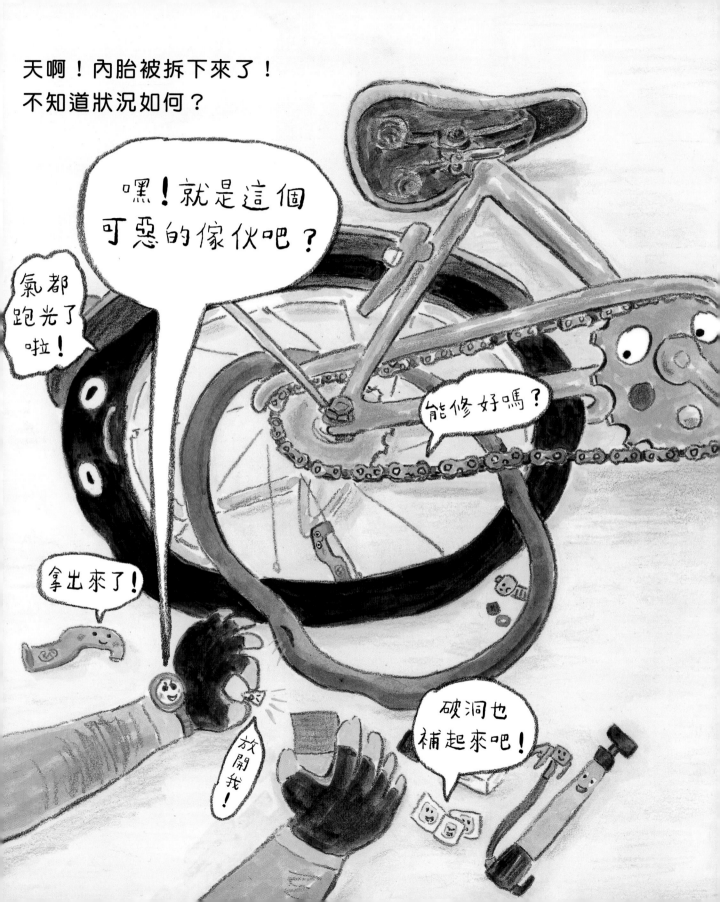

謝謝大家，我們可以再出發了！
準備加速前進！用力踏、努力踩！
加油、加油、再加油！

加油！我是你的腳踏車喔！
最喜歡和你一起到處探險了！

遇到水窪要減速慢行喔！

給爸媽的話

當孩子最初接觸腳踏車，不管是三輪車、四輪車，或是拿掉輔助輪時，你可以和孩子共讀這本繪本，讓他先認識腳踏車的龍頭、握把、座墊、踏板、車燈、鈴鐺、鏈條等零件，再向他說明該如何上下車、抓握把手、踩踏、煞車、停車等技巧。

實際上路後，孩子難免要忍耐一段身體與行進中的車子保持平衡的練習。作者石井聖岳，身為一個不折不扣的腳踏車迷，讓每個零件開口說話，齊心協力發揮所長，鼓舞著車上的小主人（小讀者）直線前進、煞車、左轉右轉變換方向、進入隧道，甚至騎乘上下坡，即使遇到了爆胎，也懂得解決方法。

看著孩子從你放手獨立騎乘的那一刻，相信你的心中盡是驕傲，而孩子也是滿滿的成就感。不妨再一次共讀繪本，並和孩子分享自己的第一臺腳踏車是什麼樣子？又是怎麼學會騎車呢？曾經在騎車時經歷什麼狀況或難忘回憶？是否也曾有過爆胎的經驗？

另外，也可以引導孩子觀察書中車子行駛的方向和臺灣是否不同？在臺灣是靠右行駛，日本則是靠左行駛，不同國家的交通規則、駕駛習慣，連同交通工具的設計也會有所差異，像是臺灣的前輪煞車在左手，後輪煞車在右手，日本卻恰恰相反；臺灣使用美式氣嘴，日本則使用英式氣嘴，在形狀上也不同呢！就讓孩子帶上繪本，跟實際的腳踏車對照看看吧！

學會騎腳踏車之後，才是容易受傷的開始，請提醒孩子檢視騎乘安全清單喔！

騎乘安全清單

- [ ] 戴上安全帽保護頭部
- [ ] 綁好鞋帶並注意褲管
- [ ] 檢查煞車是否正常
- [ ] 檢查輪胎胎壓是否充足
- [ ] 檢查鏈條轉動是否順暢
- [ ] 檢查座墊高度是否適當
- [ ] 檢查車燈是否會亮
- [ ] 檢查鈴鐺是否會響

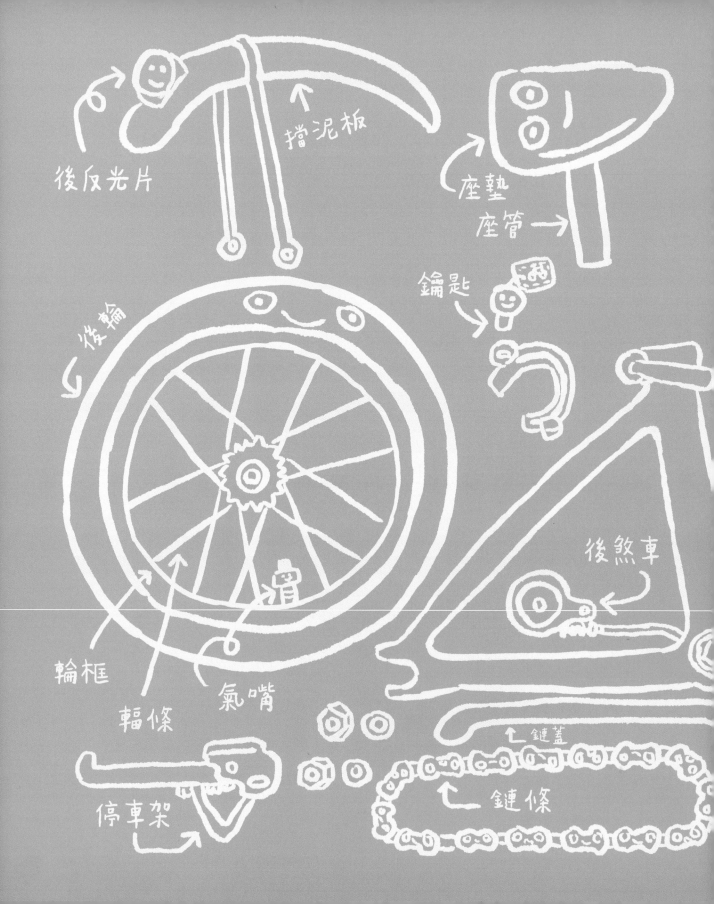